시를 항아리에 담그리라

문학마을 시인선 21

시를 항아리에 담그리라

김영숙 시집

문학마을

머리말

길고 길었던 한겨울을 뒤로하고 어느덧 봄맞이를 시작하였다. 분주한 일상, 기쁨, 고뇌를 재대로 다듬지 않아 매끄럽지 못한 들풀 같은 시집을 막 탈고하였다. 가슴으로 피올린 잊지 못할 영겁의 사랑을 담은 첫 시집 『시를 항아리에 담그리라』를 펴낸다. 행복은 언제나 긴 기다림 끝에 찾아오는 듯하다. 참으로 오랜만에 가져보는 여유로움은 마치 가을 하늘의 담백함처럼, 봄 들판의 연둣빛 새싹들의 속삭임처럼, 창문으로 넘어온 따사로운 햇살처럼 모두가 나를 둘러싸고 있는 인연 속에서 해산의 기쁨을 더해 주는 것 같다.

다사다망하신데도 헌신적으로 시작詩作을 지도해 주신 이순옥 선생님, 시집의 출판을 위해 마음 써주신 김병각 · 김정동 회장님 그리고 사십년 넘게 함께한 나의 반쪽에게도 이 자리를 빌려 감사드리고 싶다. 갓 시집온 새색시처럼 서툴고 부끄러운 그러나 한없이 감사한 마음으로 생애 첫 시집 『시를 항아리에 담그리라』를 내어 놓는다.

2019년 4월 21일 부활절에

김영숙

차례

제2부

제3부

제4부

제1부

삶

—인생은 아름다워라

나 부러울 것 없는 행복한 사람
아침마다 문안 오는 태양 맞으며
살아 있음을 감사한다

실명한 한쪽 눈은 바다 속 깊은 곳을 보고
건강한 한쪽 눈은 멀리 높은 산 바라보고
보이는 것 모두가 내 것인 것을
나 부러울 것 하나 없네

사랑도 미움도
고통도 평화도
내가 살아 있다는 표시인 것을
삶, 아름답구나
삶, 감사하구나

편지

건강이 밑바닥에 닿았을 때
사랑으로 다가와 주신 주님
새 하늘, 새 땅 보여 주신 그 날
평생 입고 있던 무겁고 딱딱한 옷
순식간에 벗었습니다.

그날에 새롭게 세운 결심 하나,
시를 쓰겠다는 다짐
또 하나의 고통인 줄도 모르고
덜컥 저질렀습니다
당신 뜻으로만 믿고 그렇게 했습니다

식었던 사랑 다시 불댕기고
이 사랑, 불가마처럼 달구어
세상 아픔 모두 구워내기로 맹서했습니다.

자화상

마음 비우려는 노력은 보지 않고
어찌 옛 일만 들먹이며 꾸짖는가
한때, 방황의 시간 있었지만
그건 새 삶을 찾아가는 전환점이었지

순수했던 눈가에 깊어지는 주름
삶의 무게가 쌓여가고 있음을 말하는 듯
그렇게 하나씩 체험하면서
순명을 알고 사랑을 알고
섬김을 알아가게 되는 것을

불면

사방은 온통 검은 수렁이다
시간은 거꾸로 가고 있다

거친 몸부림
뇌리의 세찬 회오리
어둠에 흠뻑 젖은 나신은
칠흑 같은 허공을 향해 팔을 내젓는다
쓰디쓴 물만 토해낸다

유난히 귀에 튕기는 초침소리
어둠을 깨우는 저 초침소리
초침소리

소중한 인연

맑은 하늘 위에 가볍게 뜬 구름
얼음장 밑에 흐르는 물소리
헤엄치는 고기 떼
창문에 스며드는 햇살
새싹, 봄날의 고요

소낙비 지나간 뒤의 진한 흙냄새
가을잎 타는 향기
겨울 끝에 내리는 진눈개비
또다시 찾아오는 봄날
이 모두는 나의 소중한 인연

자연과의 인연에서 만난 시어들
가슴에 묻어 싹을 틔우는 보람
들꽃 같은 기쁨이어라

되찾은 시력

솔잎 사이 비치는 햇살
시린 두 손에 소복이 받아
거친 두 볼에 비빈다
거친 손 등에 비빈다

나의 참 모습 찾으러
숲속을 헤매다 만난 햇살
감고 있던 두 눈
다시 눈 뜨게 했다

너를 갖고 싶어라

새벽 이슬처럼 영롱한 광채
굳은 껍질 헤집고 돋아나는 햇순들
고요히 비추는 은빛 달빛
이글이글 타오르는 한낮의 태양
서산을 넘는 석양의 아름다움
한여름 갈증 풀어주는 소나비
가을 들판의 풍성한 황금 결실
겨울을 덮어주는 이불 같은 적설

이 중 하나라도 가질 수 있다면…

행복을 찾아서

우이령 둘레길 명상의 집
가을 오방색의 아름다운 숲속
적송들 붉은 기운 감도는 곳
지친 영혼에게 쉬어가라 손짓한다

고목을 감싸 안은 맑은 빛
세월의 흔적 새겨진 돌담길
팔 번쩍 들어 반겨주는 키 큰 적송들
그 환호성에 뭉클 솟아나는 기쁨
흐트러졌던 삶, 자연의 질서 속에 회복된다

행복을 찾아 나선 명상의 집
행복이 어디 있을까 찾았지만
내 가슴 안에 숨 쉬고 있었던 것은
겨자씨 같은 믿음 하나
그것이 행복의 씨앗이었음을 여기서 깨달았네

시를 항아리에 담그리라

잠을 삼켜버린 고뇌의 불덩이
밀물처럼 밀려오는 아픔을
침묵으로 응대하면서
낯선 길을 목적 없이 걷는다

찔레꽃 향기 언제부턴지 동행해 준다
어지러운 몸 부축해 주는 찔레꽃 향기
찔레꽃 무더기 하얀 나비들
천근의 무게, 날개 달린 듯 가벼워진다

이 맑은 향기 가슴항아리에 꼭꼭 동여매어
삭이고 곰삭혀서
누구도 모방할 수 없는 맛
나만의 시어로 태어나게 하리라

인사

안녕하세요
쾌활하고 정감 있는 인사
한 순간 피로를 날린다

앞 뒤 두서없는 인사라도
사랑 담긴 인사는 하루가 밝다

꾸밈없고 정다운 인사말 하나가
기분 좋은 하루를 만들어 낸다

아기에게 배운다1

세 살배기 아기가
큰 머리를 젖히며
목젖이 훤한 하품을 한다

하아앙
'엄마, 입에서 잠이 나와'
이내 엄마 가슴에 얼굴 묻고
고사리 손으로 젖꼭지를 비비며 잠든다

나는 세 살배기 아기에게서
오늘 시어 하나를 배웠다

아기에게 배운다2

유아원 선생님이 아이들에게
꿈속에서 본 예수님을 그려라 했다
주어진 시간이 다 지나도록
아이는 아무것도 그리지 못했다

아이의 눈에 그렁그렁 눈물이 맺히더니
'선생님, 저는 꿈속에서 예수님을 본 적이 없어요' 하고
큰소리로 울어버렸다

나는 젖 향기 배인 보송보송한 아이에게서
오늘 시심 키우는 법을 배웠다

아들에게

탄생의 신비
엄마는 감지하고 교감하면서
탯줄 끊고 너를
세상으로 내 보냈지

엄마는 너를 바라보며 눈부셨단다
태양 같은 내 사랑
내 큰 나무, 품에 꼭 안았지

어느새 내 품 떠나
큰 나무 꼭대기에 둥지 친 너
부모 되어 부모 찾는 네 마음
우리는 한마음

어머니

타는 가뭄에 단비 부르는 뇌성인양
폭풍우 성난 파도인양
장구한 세월 참았다 분출하는 화산인양
그리움이 그렇게 봇물처럼 터집니다

'사랑한다 내 딸아'
메모지에 써 놓은 어머니의 필체가
어머니 음성되어 온몸에 저장되었습니다
아픈 곳 어루만져 주시던 손길처럼 간직합니다

밥 뜸들일 때 나는 구수한 냄새에서도
어머니를 느낍니다
어머니는 멀리 떠나지 않았습니다
어머니는 저녁상에 저와 함께 계십니다
어머니 사랑, 감사합니다

기도

그대 미소가 유난히 그리운
달빛 찬연한 밤입니다
별들 총총한 밤에
고운 노래 한 곡 올려 보낼게요

간절한 기도 촛불 하나 밝히고
열린 창가에 그레고리안 성가 퍼지고
사랑노래 둥둥 길 떠나는 이 밤
나는 그대 찾아 동행합니다

혹여,
길 잃을까 그대 음성에 귀 기울이며

천안함 비보

비오고 바람 불고 스산한 햇빛
봄날의 변덕
오늘은 흐린 날씨

천안함의 비보 속보
마루에 걸터 앉아 사방을 둘러보니
햇살도 죽고
선명하던 사물도 검게 죽었네

삶

삶이란 이런 것인가
쉼 없이 떠나보내기만 하는 것인가
한 순간도 내 곁에 머무는 것 없으니
붙잡을 수 없는 바람처럼 언제나 비어 있는 두 손

무엇을 잃어버린 듯한 허전한 마음
무겁고 어둡고 눅눅한 마음
모였다 흩어지는 저 하늘의 구름
이별의 슬픔들

오늘처럼 삶이 쓸쓸해질 때면
가까웠던 사람들을 떠올린다
이름이 기억나지 않을 때는
그의 목소리 기억한다
희미한 그 얼굴에 초점 거리를 맞춘다

지천명

숨 가쁘게 달려 온 지천명
그 시간도 잠시 잠깐
과거 속에 묻혀 버리는 허전함
펄펄 날던 젊음도 가고
변치 않을 내 사랑도 꼬리를 감춘다

세월은 나더러 빨리 가자 손목 끈다
싫어, 나 여기 머물고 싶어
젊은 날의 추억으로 되돌아가고 싶은 병
되물고 싶은 이 병
중년의 혹독한 병

가라앉던 앙금들이 다시 기어오른다
과거, 그 질긴 기억들 언제까지 갈까
그래도 추억이 좋아
화선지 위, 그리던 묵화에 세월 맡기고
붓 잡은 손으로 기다려야겠네

일상 탈출

몸에 밴 일상 잠시 내려놓고
쉴 새 없이 보채는 숫매미 울음 따라서
어느 숲까지 왔다

바람 불어 나뭇잎 소곤대는 소리
졸졸 흐르는 계곡의 지저귐
이름 모를 풀벌레 숨 가쁜 합창소리
숲도 산만하다, 도시처럼

쭉 뻗은 소나무에 기대어
하늘 우러러 보고 있으니
나뭇잎 사이로 빗살처럼 내려온 햇살이
얼굴을 지압한다

햇살 가득 희망도 가득
따분하던 일상이 새롭게 시작되는 오후
숫매미 울음 따라 집으로 왔다

도시의 봄바람

빌딩 숲 모퉁이 바람
귓불 때리는 따가운 바람
번지 없는 노숙
밤새워 떠도는 바람

명동의 밤, 색색의 네온사인
각양각색의 사람들
열정이 솟는 거리
젊은이들에 떠밀려 이리저리 헤매는 바람

봄바람이 좋아서
젊은 명동의 밤거리가 좋아서
겨울이 묻어있는 외투를 입고
바람 따라 떠도는 또 하나의 바람

제2부

목련꽃

목련꽃잎 뚝뚝 떨어지는 오후
한 잎 두 잎 주워 모은 꽃잎들
봄날은 간다

낙화는 슬프다
슬퍼도 아름답다
주워 모은 꽃잎들
봄날을 보내는 마음

장미와 가시

서녘 창에 비치는 노을처럼
붉고 뜨거운 장미
잊었던 추억이 꽃잎마다 피어오른다

사랑할 땐 누구나 장미꽃인 것을
이별 뒤엔 누구나 가시인 것을

이별한 시간이 너무 오래되어
애써 떠올려도 생각은 거기뿐
가시도 장미도 한 몸인 것을

팔월의 장미

봄부터, 뜨겁게 달구었던 너의 정열
그것은 너의 사랑
너의 참사랑인 줄 나 기억하지
너도 이제는 저무는 구나

긴 장마에 쓰러진 검붉은 꽃송이
정열의 한, 가슴에 접고 주저앉았구나
못다한 사랑, 아직 진한 향기로 남아있구나
내 책갈피 속에서 한 편의 시가 되어 남아있구나

망촛대

바람 불어 꽃구름 내려앉은 들판
함께 사는 것이 좋아서
산내들에 가득 무리지었구나

해맑은 물결
나긋나긋한 너의 몸짓이
밋밋한 들판에 생기 북돋우고
너의 몽글몽글한 향기가
내 꽃심을 흔든다

눈을 감아도 하얗게 무리지어 핀
너의 소박함, 무더운 여름에도
너만 생각하면 목덜미가 시원해지는
맑음의 향연 망촛대

산수유꽃

아침에 한두 송이 피었던 산수유
정오를 지날 무렵
가지마다 옹기종기 피어올랐다

문 두드려도 열어주지 않던
산수유 벙그러졌다
옹아리 하던 언어
달변이 되기 시작한다

꽃샘 추위에 단단히 문걸어 잠갔지만
새소리, 바람소리에 문고리 푸는 꽃들
친구도 겨울문고리 풀고 찾아왔네
깨복친구 복심이, 문 두드리네

꽃잔디

큰 기쁨 피어나네
내 가슴에 담을 수 없는
진분홍 하늘이 내려와 출렁이고
세상은 온통 꽃향기에 젖네

낮은 것을 가장 큰 사랑으로
납작 엎드린 꽃잔디 사랑
겸손의 대명사 꽃잔디
진분홍 띠 둘린 봄의 정원

수련

수련, 도도한 기품
자비의 꽃이 되어 영원을 미소 짓누나
물빛 평화
우주를 포옹하는 고요함

비오는 날에도 바람부는 날에도
세파에 거친 숨결 어떻게 다스렸나
진흙탕을 딛고 피어난 우아한 자태
뜨거운 햇살에도 흐트러짐 없는 수련

사군자

매 난 국 죽
화선지 위에 담묵으로 불어 넣은
선비의 기운

흰 눈 비집고 얼굴 내민 매화
돌 틈 사이에 핀 난초
찬 서리 맞으며 꽃피운 국화
사시사철 올곧은 대나무

붓에 먹물 묻혀 힘찬 필체로 그린
수묵화 네 폭
선비의 지조와 절개, 향기를 뿜네

무궁화 피었구나

민족의 사랑 받고 피어난 꽃
민족의 혼이 담긴 무궁화
겨레의 상징 무궁화 피었구나
팔월의 긴긴 무더위 인고의 자태

무궁화 핀 자리에
나라 잃은 서러움, 나라 찾은 기쁨
삼천리 방방곡곡 나라 지킨 여장부
우리의 얼 담긴 무궁화 피었네

꽃 따러 가자

질투의 여신 개나리 꽃
봄날을 수놓는 유채꽃
향기 짙은 여인 라일락꽃
고향 같은 냉이꽃
귀엽고 아리따운 제비꽃

우아한 품위 자색 도라지꽃
할머니 닮은 호박꽃
선비 닮은 창포 붓꽃
달님 마중 달맞이 꽃
정열의 키스 장미꽃

빨간 벨벳 양복 입은 맨드라미 꽃
단추 같은 과꽃
대답 잘하는 초롱꽃
당당한 품위 달개비꽃
순결한 백합꽃

이 꽃들처럼
아름답고 소박한 내 어릴적 친구들이여
꽃바구니 들고 꽃 따러 가자

첫사랑

사랑은 떠나고 여운만 남은
바닷가의 추억
파도가 밀어내는 몽돌의 울림
가슴에 파고드는 첫사랑의 밀어

별들은 여전히 총총한데
첫사랑 바다는 창망하기만 하네
파도소리 다음에 몽돌의 울림
몽돌의 울림 다음 또 파도소리

몽돌과 파도는 밤새워 얘기하는데
나는 홀로 울컥 목이 메이네
아름답던 별들은 슬프기만 하고
첫사랑의 밀어만 가슴을 파고드네

이별

돌아서지 못하는 당신을
나는 왜 붙잡아 주지 못하는지
보내야 하는 아픈 가슴
흰 목련꽃 나무 뒤로 숨긴다

바람에 헝클어진 머리카락
귀 뒤로 넘기며
천연히 웃음 지으려 해도
돌아서지 못하는 그대 사랑
기어이 나를 울리고 말았네

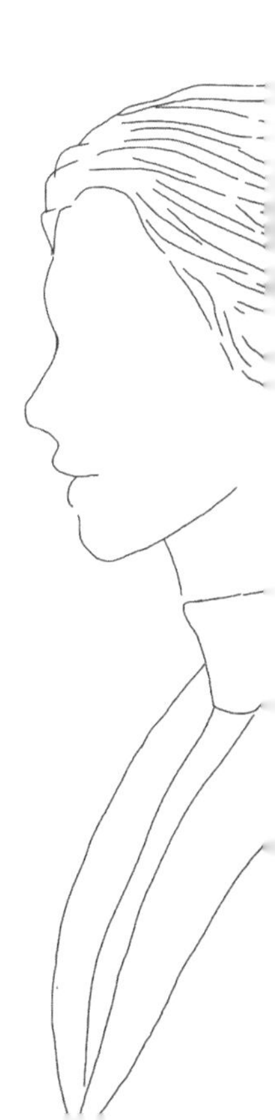

눈 내리는 날

눈이 내리면 사랑하고 싶은 마음
사랑하고 싶으면 추억이 떠오르고
추억에 잠기면 눈시울 붉어진다

나의 추억은 초라하다
사랑이 떠나가 버린 시간 속에서
그림자만 따라다니던 어두운 밤 길

그래도 추억은 아름다워
눈이 내리면 떠오르는 사랑 이야기
눈이 내리면 사랑하고 싶은 그리운 마음

그리움

그리움, 겨울밤보다 길다
귀는 밤새도록 깨어 있다
작은 발자국 소리에도 민감하다

자리를 접고 일어나 앉는다
밤하늘의 총총한 별들
눈물에 젖어 일그러진 모습

세상은 고요 속에 잠들고
달빛은 창가에 침묵하고
그리움의 밤은 길기만 하다

가을 바닷가에서

석양이 깔린 바닷가에서
진한 소금향기를 느낀다
먼 길 떠나 피로처럼 쌓인 외로움
씻어 주려는가

파도소리 높은 밤,
별자리 더욱 높아진 밤
은빛 파도 위의 부서지는 달빛은
못다 이룬 내 사랑의 파편인가

낮 동안 햇살 모아 잎새 태우고
남은 햇살 내 가슴 또 태우니
태양처럼 식지 않은 내 사랑
가을 바닷가에 꼭꼭 묻어두고 가야겠네

가을밤의 추억

가을햇살 초록잎 태우는
도봉산의 불길을 바라본다
낙엽 타는 향기 벗 삼아
오늘은 친구와 술잔을 나누고픈 마음

술잔 속에 붉은 가을이 차오른다
추억도 켜켜이 쌓여 오르는데
나는 한적한 걸음으로 집을 나와
가로등 졸고 있는 종탑길을 지나
포장마차에서 골목길로 또 카페로
수없이 걷던 첫사랑 가을길을 걷는다

잠시 스치는 이 행복이
담박질하던 시간을 붙잡아 앉힌다
우리의 만남을 대변해 주던
우리가 즐겨 부르던 노래
'우리 만남은 우연이 아니'었어

바람

바람처럼 떠난 임
허리춤 잡을 수 없었네
허투루 주었던 사랑
덧나버린 깊은 상처 되었네

객기 부리는 바람
뉘에게 이 아픔 털어낼까
그리움에 녹아내린 검은 가슴
아낌없이 바쳤던 사랑의 세월

눈 내리는 밤
눈밭을 배회하는 바람 보며
첫사랑 그리움에 커튼을 연다
바람아 너도 외로움을 아느냐

사부곡

새벽하늘의 그믐달
작은 별과 나란히 떠 있고
동장군 동동동
연이어 찾아오누나

은빛 그믐달 홀로
동녘 하늘 지키는 것처럼
그대 있어 행복하더이다

한겨울엔 그림자라도 옆에 있어야
온기 더해 줄 터인데
내 곁에서 늘 지켜주는
♬♪
당신처럼

아리아의 밤

고즈넉한 가을 밤
오랜만에 찾아온 행복
내 영혼 평온한 밤

나이테처럼 진실한 너를 위해
가을밤을 무대로 아리아를 부르리라
풀벌레처럼 밤새워 부르리라
너와의 영원한 사랑을 위해

제3부

습지의 평화

산 아래 짙은 안개 헤집고
고요한 습지, 평화가 흐르는
세계를 바라본다

거미 덫에 걸려 허우적대는
잠자리의 사투
죽음이 드리운 그림자를 들여다본다

한발 먼 거리에서 본 평화
한발 다가서서 본 생존의 혈투 장면
신이 우리를 보는 거리는 어디쯤일까

호수

운무, 호숫가에 굼실굼실 감돌고
호수 한가운데 비친 물그림자
흰구름 고요히 내려앉았다

하늘이 내려와 쉬고 있다
호수에 발 담그고 먼 산 바라보며
너도 내려오라 손짓한다

호수는 한 폭의 수묵화
자연을 옮겨 담은
투명한 유리쟁반

갯벌

바다의 속살 광활한 갯벌은
수많은 생명체들 삶의 터전
석양도 갯벌 속에 스며든다

하늘길 바닷길 모두 열려 있는 이곳
내 앞에는 길이 없어
그저 먼 수평선만 바라본다

비릿한 추억들이 꿈속에서도 기어다니는
갯벌을 다시 찾아왔지만
추억을 나눌 그대는 어디있는지

꽃들의 향연

봄은 꽃들의 향연
굳게 잠겼던 문 활짝 열리고
좁쌀 같은 얼굴 내민 잔 꽃들
모양, 색, 향기, 제각각인 잔 꽃송이

태양은 꽃 송이송이에 거울 비추어
눈부신 봄을 더욱 눈부시게 한다
아우성인 꽃들
점점 짙어지는 봄빛 뜨락

봄 오는 소리

추운 겨울 창가에 스며드는 햇살은
찬바람 헤치고 찾아 온 귀한 손님

담장에 개나리들 눈 꼭꼭 감고 있는데
담장 한 구석 아무도 몰래
햇살과 눈 맞추는 개나리 샛노란 꽃잎 하나

봄이 가까이 왔나 보다
까치들의 분주함이 예사롭지 않네
얼어붙은 개울물, 침묵 깨고 흐르는 맑은 물소리

윤삼월 봄날

얼음 녹아내리는 계곡 물소리에
잠겨 있던 겨울 문 활짝 열린다
봄비 한나절 머물다 간 자리에
여기저기 터지는 꽃망울 소리

사방팔방 대문 활짝 열려
어디를 봐도 연둣빛 세상
어디로 둘러봐도 연분홍 꽃향기

부처님 탄신 축하하는 연등 행렬
연등 행렬 지나면 그다음은
윤삼월 봄날은 다가고 말아

꽃샘바람

봄기운 덮인 밤하늘에
봄 달이 떠 내려다보는데
꽃샘바람이 봄꽃들을 위협한다
떨고 있을 꽃들 생각하니 잠이 오지 않는다

침실 창문을 열고 입김을 분다
입김은 닿지 않을지라도
내 마음은 닿겠지
따뜻한 마음 전해지겠지

아지랑이

아기와 손잡고 봄길 거니는 아지랑이
아지랑이 따라 가던 아기, 주저앉아
별꽃도 보고 개미도 보고

빌딩을 빙빙 돌던 심술쟁이 바람이
기침을 하다, 얼른 마스크를 두르고
현관문 닫고 들어가네

심술쟁이 바람도 아기를 사랑하네
아기는 멋모르고
별꽃도 따고 개미도 잡고

찔레꽃 향기로

찔레꽃 만발한 오월의 새벽
헝클어진 머리 빗어내리며
간밤의 고뇌도 쓸어내린다

아무도 밟지 않은 새벽길 걸으며
새로운 다짐 속에 새로워진 나
용서는 향기롭다

찔레꽃 향기 항아리에 담아
꽁꽁 동여 맨 다음
삭이고 삭여 시즙詩汁을 떠내리라

산행에서 만난 친구들

상쾌한 아침 공기 마시며
구름 덮인 능선을 오르다
저만치 피어있는 야생화와 눈 마주쳤다

정상에 오르니 구름은 발아래 감돌고
구름 위에 빛나는
아침 햇살과 눈 마주쳤다

날고 싶어라
새처럼 날고 싶은 마음으로 하늘을 보다
머리 위를 나르는 새 한 마리와 눈 마주쳤다

아침 풍경

이슬방울마다 하늘이 열리고
새벽이 창문을 두드린다

노송 향 짙은 그늘 아래
자작나무 어린 이파리
스치는 바람결에 놀라
고요한 숲 속을 소곤소곤 깨운다

공중을 나는 산새들
새로운 노래 들려주는 지저귐
숲 속 무리들 눈뜨는 시간
갑자기 분주해진 새 아침의 풍경

바람길

바람이 몰려다니는 길목이 있다
빌딩 벽에 막혀 모퉁이를 돌아가는 바람
한여름 더위를 벽 모퉁이서 식힌다

들에도 바람길 있다, 몸 낮추어 가다
풀잎 만나면 풀잎 쓸고 가는 바람
엎드린 풀잎은 겨울 들판 이불이 된다

내게도 바람길이 있다
마음을 열면 서성이던 바람 들어와
내 마음의 어둠을 쓸어 바다로 간다

자작나무 숲에서

길 잃은 바람
산허리 휘감아 돌다가
안개구름과 뒤엉켜 씨름하더니
자작나무 숲에 걸터앉았다

봄볕이 따가운
보송보송한 연둣빛 잎사귀 한 장
스쳐 지나는 바람에
깜짝 놀라 파르르 떨고 있는데

무심한 바람은 아무 일도 없었다는 듯
휘파람 불며 산 넘어 간다

능금이 익을 때

와, 저것 좀 봐
눈부신 햇살이 알알이 맺혔네

여름내 풋사과로 골골대더니
튼실하고 당당한 붉은 능금되었네

여름 긴 장마, 몰아닥친 태풍
두려움에 떨던 시간 속에서도
나처럼 죽음을 이겨내었네

빨갛게 익은 능금 보며
능금이라 하지 않고 햇살이라 하는 건
생명력의 강인함을 칭송하는 말이겠지

태풍 '무이파'

긴 장마에 파김치 된 대지
아직도 기운을 못차리는데
뒤이어 태풍 '무이파' 북상 중
태풍에 맞서는 대책반원들
'무이파' 진로에 눈빛 따갑다

이 저녁에 닥친 '무이파'는
빌딩숲을 뿌리째 흔드는데
바닥에 나뒹구는 설익은 과일들
대지는 또 한 번 몸살을 앓는다

향수

정답고 소박했던 내 친구 수희야, 복심아
세월은 마을 시냇물처럼 흘러 가버렸고
시냇물은 긴 세월 속에
강물을 지나 바다로 갔겠지

구불구불 돌고 돌면 다시 만나던
논두렁 밭두렁 길
우리 인생길과 다르지 않아

사자산 편백숲 성주골에서
땅속 깊이 솟아나던 약수
한 주발 단숨에 들이키면서
젖은 옷 너럭바위에 말리던 일

외갓집 인절미 콩고물 맛도
빼놓을 수 없는 고향의 맛이지

막계동 농아리 모임

상큼한 봄
끈적끈적한 여름
까칠한 가을
이제는 백발이 성성한 겨울

새봄을 맞는 은퇴자들
여기저기 공터 찾아
상추, 고추, 부추, 가랑파 심는
도시농부로 변신했다

이모작 인생 살기 위해
검게 탄 얼굴에 땀범벅
자식농사보다 손길 많이 가는
채소밭에서의 일과

제4부

동트는 시각

동해바다에서 방금 얼굴 내민 태양은
탯줄도 안 자른 갓 태어난 생명
바다는 붉게 물들고
힘찬 발길질에 파도는 즐겁다

눈이불 덮은 높은 산봉우리에
새해의 깃발 꽂는 동해바람
동해에서 맞이하는 새해맞이
설레는 내 가슴도 파도처럼 즐겁다

여명의 바다

여명의 바다 위
만선의 기쁨 알리는 저 불빛들
어부들의 고함소리
파도가 만선을 훠이훠이 밀고 온다

밤 새워 넘실넘실 밀고 온 파도는
고단함에 지쳐 부서진다
어부들도 지쳐 목이 쉰다
고기만이 펄펄 살아 몸부림친다

임진강을 바라보며

불끈 쥔 주먹 쭉 펼친 손
대지 위에 덥석 올려놓은 듯
여러 갈래 산맥이 쭉 뻗은 아래
골짝마다 가득 메운 안개

안개 밑 오밀 조밀한 마을들
마을 뒷길로 숨어 흐르는 돌개울
뛰며, 뛰어내리며, 기며, 걸으며
주저앉으며 강물까지 왔다

강물은 바다를 꿈꾼다
임진강의 꿈은 황해다
돌밭길 꼬불꼬불 긴 세월에
황해의 큰 꿈을 키웠다

동강에서

위엄과 풍류를 지닌
동강 급류를 바라본다
부딪히고 부서지는 험한 모습이
내 삶의 모습과 닮았다

동강은 서해로 간다
바다로 가는 길은 험난하다
암초도, 수렁도, 절벽도 만나고
길을 막는 암벽도 만난다

옹벽 깊은 수렁에서는 동무들을 기다리고
절벽에서는 용기 있게 뛰어내린다
역경을 만나면 돌아갈 줄 아는 지혜
동강의 꿈은 서해바다다

속초항에서

한여름 속초항, 선원들 오간 데 없고
어선만 한가하게 물장구친다

마을 정자에 모인 아낙들의 한담
보다 날렵하게 그물 꿰매는 손길

돌섬에 모인 갈매기만
파도를 헤치며 월척을 잡는다

덕적도 관광

인천 앞 바다에 뿌려진 자잘한 섬들
그 섬들 중에 덕적도가 있고
덕적도에는 비조봉이 있어
비조봉 위로 봄 햇살 쏟아지는데
덕적도의 항구는 봄맛을 잃었다

관광객들 그 마음도 몰라주고
섬 구석구석을 뒤져 아름다운 풍경만 캐 담아
떠날 준비에 바쁘다
덕적도 항구는 이별의 슬픔 안고
파도소리뿐인 고요에 다시 묻힌다

거제도에서

이른 봄 날, 저 멀리
봄볕이 파도에 실려 오는 거제도 바닷가
바위 틈새에 파릇파릇 돋아난 석창포
상큼한 아침 공기가 이마를 때린다

삿갓 같은 섬들이 옹기종기한 거제도
물안개에 잠겨 동동 뜨는 섬들
자유로이 날아드는 갈매기들의 우정
이른 봄, 거제도의 봄맞이 풍경

염전을 보며

바다가 양보한 공간
바닷물을 갈아 소금꽃으로 피워내는 염전
햇빛과 바람과 사람의 지혜가 만들어 낸 흰꽃
무럭무럭 굳어지는 수정 덩이

수북수북 쌓이는 소금 알갱이
언제 봐도 풍요로운 수확량
달빛 별빛 반사하는 하얀 결정체
바닷가 메밀농사 풍년이로세

순천만의 가을

노을 지는 순천만의 가을
광활한 갈대 숲
수많은 객새들이 쉬어가는 사랑방
큰고니, 저어새, 가창오리
하늘 무대를 수놓는 군무
그 역동성에 취한다

노을 지는 갈대숲 요람삼아
깍지 낀 두 손 베고 누운 바람
노을도 갈대숲에 자리를 편다
나는 갈대숲에 불을 댕긴다
영감의 불씨 하나 놓는다
가을바람이 나를 태운다

대천의 밤바다

암벽 틈새를 비집고 나와
가지 뻗어 피어낸 샛노란 소국
별빛처럼 향기롭네

저 멀리 흔들리는 어선들의 불빛 넘어
바람이 실고 온 갯벌 냄새 맡으며
대천의 밤바다를 노래한다

달무리 진 밤하늘이 너무 고와서
달빛에 비취는 구름의 움직임이 아름다워서
멀리 있는 친구의 이름을 부른다

도봉산의 추억

빗소리 잠시 멈춘 때
매미 울음소리 포플러 숲 흔들어댄다
푸른 잎새 물결치는 도봉산 등성에서
그리움 울컥 눈물처럼 치솟는다

인수봉 휘감은 구름속에서
아무도 모르는 둘만의 비밀, 입맞춤
구름은 기억하고 있을까 우리들의 비밀을
바람 되어 떠나간 비밀, 그 추억의 자리

매미소리 울창하던 그때 그 시절
그때도 도봉산은 푸른 물결이었지

겨울 지리산에서

지리산 깊은 산속의 겨울산장
승용차도 숨 가쁜 오르막길 올라
잔설 덮인 지붕 아래 장작불 타는 소리
언 몸이 절로 녹는다

뜨거운 군불에 검게 누른 구들목 밥상
김치, 된장국, 고들빼기 무침,
추녀 끝에 걸린 하현달이 방안을 기웃기웃
깊은 산속 겨울밤이 정답기만 하네

백담사 십이선녀탕계곡에서

백담사 십이선녀탕 계곡
밤에 선녀가 내려와
목욕을 하고 갔다는 전설의 계곡

처음 맞는 선녀탕의 아침
물안개되어 피어오르는 신선한 기운
선녀들의 향기로운 살 내음인가

계곡을 흐르는 맑은 물소리
순리 따라 사는 삶의 리듬 소리
그 삶 본받으려 한 움큼 목을 축인다

한강 하늘공원

코스모스 오색물결 이는 한강 둔치
바람 따라 흔들리는 억새풀의 어깨춤
카메라 앵글에 초점을 맞춘다

하늘엔 흰 구름, 이불 한 채
풍요로운 가을날에 고독이 웬 말
고독도 가을날의 영상인 것을

남한강에서

남한강 두물머리 수풀 우거진 오솔길
이 길 위를 떠나지 않는 어둠
어둑한 새벽에 눈 뜬 새들
부리로 어둠 쪼아 새 길을 낸다

태동하는 새벽
길섶 이름 모를 야생화
머리 빗는다, 이슬에 얼굴 씻고
햇살 돋기 전 몸단장 마친 두물머리 여인

인사동 거리에서

옛것과 현대의 것이 공존하는 길
악단들의 연주가 울려 퍼지는 길
광고 홍보물 누덕누덕 펄럭이는 길
관광객들의 어깨 부딪힘
즐비한 골동품 가게
진짜 같은 모조품들도 진열된
여기가 인사동 거리

이리저리 다니며 기웃거려도
내 눈에 들어오는 건
손수레에 수북이 쌓인 호박엿뿐이네

후기

첫 시집 출간하는 마음/ '떨림'이라는 표현밖에/ 다른 언어가 생각나지 않네
장롱 속에 밀어 놓았던/ 매캐한 원고뭉치를 푸니/ 미완성 작품 연도가 덕지덕지/ 오래된 것들뿐이네
털고 다듬고 세탁하고 다림질하면서/ 좌절과 용기가 서로 다퉜네/ 용기가 이겼네/ 그래도 '떨림'을 감출 수 없네

해설

자연에서 길을 찾다

이순옥

자연에서 길을 찾다

이순옥 (시인 · 문학박사)

시인 김영숙은 2010년에 등단한 시인이다. 등단하기 얼마 전에 뇌출혈로 쓰러진 적이 있다. 그때 한 쪽 눈을 실명했고 오랜 투병 생활을 하면서도 부자유스러운 시력으로 등단을 마쳤다. 예고 없이 찾아온 감당할 수 없는 충격과 고통에서도 좌절하지 않고 시작을 하는 동안 스스로 마음과 상처가 치유되기 시작했다. 작품이 작가의 삶을 나타내고 있듯이 이 시집에 수록된 일흔여 편의 작품 속에도 시인의 삶이 잘 묘사돼 있다.

시인은 이 시집에서 시적 소재를 대체로 자신의 삶과 사랑, 그리고 여행지에서 채취하고 있으며 특히 자연에서 많은 영감을 받았다고 할 수 있다. 그가 자연을 노래하게 된 데는 어린 시절 환경에서 받은 영향 때문이기도 하다. 삼대가 함께 살았던 대가족 집안에서 어렸을 때 무엇을 잘못하면 할아버지가 꾸지람 대신 넓은 화단의 잡초 뽑는 일을 시켰다. 그렇게 자주 잡초를 뽑다보니 풀 섶에 피어난 이름모를 꽃들에게 이름을 지어주기도 하고 이야기도 나누고 하면서 자연과 친구가 되었다. 그리하여 처음에는 할아버지가 힘든 일을 시킨다고 마음속으로 원망하고 미워도 했지만 어느새 불평은 사라지고 풀 뽑는 일이 즐거움으로 바뀌기 시작했다. 어렸을 적 이러한 일들이 시심으로 연결되었고 성숙하여 시인의 길로 들어서게 된 것 같다.

시인은 청년기에 작가의 꿈을 안고 경희대학교 국문학과에 입학했다. 그러나 사정에 의해 중도에 전과를 하였지만 문학에 대한 열망은 한 번도 식지 않았다. 그 열망은 결혼하여 가정과 직업 두 가지 일에 쫓기는 삶을 살아오면서도, 또한 오랜 시간 투병 생활을 하면서도 오히려 더 불붙기 시작했기에 늦깎이 시인이 되어 첫 번째 시집을 출간하게 되었다.

독일의 시인 릴케는 자연을 가까이 하라고 하면서 자연을 마치 최초의 인간 한 사람이 보고 경험하고 사랑한 것처럼 표현하라고 했다. 최초의 인간 한 사람처럼 보라는 이 말은 그것을 사회 통념적이거나 습관적으로 보지 말고 처음 대한 듯 예리하게 보라는 말이다. 이 말을 빌려서 작품을 평가한다면 아직까지 통념적이고 습관적인 한계를 벗어나지 못한 면이 작품 속에서 많이 나타나고 있다는 것을 지적하지 않을 수 없다. 그러나 자연을 인생에 빗대어 표현하려고 한 부분들에 대해서는 작은 독창성을 찾아 볼 수 있다고 할 수 있다.

다음의 시는 갑작스런 실명에서 온 절망 속에서도 좌절하지 않고 남다른 희망과 굳센 의지로 일어나서 감사와 행복을 노래하고 있다.

나 부러울 것 없는 행복한 사람
아침마다 문안 오는 태양 맞으며
살아 있음을 감사한다

실명한 한쪽 눈은 바다 속 깊은 곳을 보고

건강한 한쪽 눈은 멀리 높은 산 바라보고
보이는 것 모두가 내 것인 것을
나 부러울 것 하나 없네

사랑도 미움도
고통도 평화도
내가 살아 있다는 표시인 것을
삶, 아름답구나
삶, 감사하구나

—「삶, 인생은 아름다워라」

뇌출혈로 쓰러진 후 한 쪽 눈이 실명되어 깨어났다. 이 충격으로 시인은 다시 절망한다. 그러나 병상에 누워 스스로 실명을 받아들이고 나니, 어느 날 창문에 비치는 햇살이 예사롭지 않게 눈에 들어왔다.

두 눈을 꼭 감고 커튼도 내리고 긴 절망의 시간 속에 빠져 있을 때는 몰라보았던 태양을, 실명을 받아들인 후 매일 아침마다 화자의 창문을 두드렸다는 것을 새롭게 깨달았다. 그때부터 화자는 마치 건강한 손님이 아침마다 병상을 다녀간 듯한 신선한 느낌을 받게 되었고 기쁨이 되었다. 그래서 화자는 아침마다 병상을 비춰주는 햇살을 손님인양 기쁘게 맞이했다.

비록 한 쪽의 실명한 눈은 사물을 볼 수 없게 되었지만 마음과 영혼을 깊이 헤아릴 수 있는 혜안이 생겨났고, 또 건강한 한 쪽 눈은 저 먼 산을 바라볼 수 있는 시력이 주어졌으니 보이는 것도 보이지 않는 것도 모두가 자신의 것이라는 풍요로움을 인식하게 되었다. 그러므로 이 세상에서 부러울 것 하나 없는 삶을 살아갈 수 있다는 희망찬

미래와 자신감이 생겨난 것이다.

3연에서는 실명으로 인한 두려움도 고통도 이겨냈다는 의지를 한 번 더 비추면서 '사랑도 미움도/ 고통도 평화도' 그저 살아 있다는 하나의 표시이지 그 이상도 이하도 아닌 것으로 삶을 달관하고 있다. 시인은 살아있다는 하나만으로도 삶이 아름답고 감사할 뿐이며 더 다른 욕심이 있을 수 없다는 겸허함과 영적인 만족을 취하고 있다.

삶이란 이런 것인가
쉼 없이 떠나보내기만 하는 것인가
한 순간도 내 곁에 머무는 것 없으니
붙잡을 수 없는 바람처럼 언제나 비어 있는 두 손

무엇을 잃어버린 듯한 허전한 마음
무겁고 어둡고 눅눅한 마음
모였다 흩어지는 저 하늘의 구름
이별의 슬픔들

오늘처럼 삶이 쓸쓸해질 때면
가까웠던 사람들을 떠올린다
이름이 기억나지 않을 때는
그의 목소리 기억한다
희미한 그 얼굴에 초점 거리를 맞춘다

—「삶」 전문

이 시는 삶을 바람에 빗대어 표현하고 있다. 삶은 바람처럼 붙잡을 수도 없고 '쉼 없이 떠나보내기만 하는 것'이라 했다. 떠나보낸다는 것은 사랑하는 사람과의 이별일 수도 있고, 자녀를 출가시키고 나서 오는 한켠의 허전한 마음일 수도 있다. 그렇기 때문에 이 둘은 끝까지 한 곳에서 함께 있지 못할 인연들이라고 화자는 생각한다. 이처럼 붙들어 놓을 수 있는 것이 아무것도 없다는 현실적 허탈감을 상징적 표현으로 '비어 있는 두 손'이라 했다.

'비어 있는 두 손'을 또 자연인 구름에 빗대어 표현하기도 한다. 하늘의 구름도 바람 따라 모였다 흩어지고, 모두가 한 순간도 머무는 것이 없으니 매 순간 우리는 이별의 연속선상에서 살아가고 있다고 할 수 있다. 그래서 마음은 늘 '무겁고 어둡고 눅눅'하고 무엇을 잃어버린 듯 허전하고 비어 있는 삶을 살고 있다.

이처럼 삶이 쓸쓸해지고 허무해지는 날엔 옛날 친하게 지냈던 친구와 만나서 회포라도 풀고 싶지만 그런데 이름이 잘 생각나지 않는다. 그렇다면 우리의 기억도 흩어지는 것이니 붙잡을 수 없는 것이 아닌가. 그래서 친구의 목소리를 떠올려 본다. 그리고 잊혀져가는 그의 희미한 얼굴에 렌즈의 초점을 맞추듯 마음의 초점을 끼워 맞추어 기억 속에 붙잡아 두고자 하는 간절한 마음을 그려내고 있다.

산 아래 짙은 안개 헤집고
고요한 습지, 평화가 흐르는
세계를 바라본다

거미 덫에 걸려 허우적대는
잠자리의 사투
죽음이 드리운 그림자를 들여다본다
한 발 먼 거리에서 본 평화
한 발 다가서서 본 생존의 혈투 장면

신이 우리를 보는 거리는 어디쯤일까

—「습지의 평화」 전문

이 시는 높은 산위에서 내려다 본 안개 마을과 안개를 헤집고 들어다 본 평화로운 습지와 습지를 헤치고 들어다 본 습지 내면의 생태계를 점강법을 사용하여 표현하고 있다.

화자가 높은 산 위에서 아래를 내려다 본 마을은 두꺼운 안개로 덮여 있었다. 산을 내려와 바라본 광활한 습지는 녹색 수풀이 우거지고 생명이 숨 쉬는 평화의 땅이었다. 그런데 화자가 더 가까이 다가가서 습지의 내면을 자세히 들어다 보니 평화롭지만은 않아 보였다. 우선, '거미 덫에 걸려 허우적대는/ 잠자리'를 보니 습지의 생태계는 약육강식의 무법천지고 살아남기 위한 아우성이었다. 습지에서 우연히 발견한 이 풍경이 화자에게 충격을 주었다.

이 이중성의 모습에서 화자는 만물을 창조한 신을 생각하게 된다. 자신이 산꼭대기에서부터 내려와 습지의 내면을 들어다 보기까지의 단계적 시야의 거리를 재어보면서 신이 피조물인 '우리를 보는 거리는 어디쯤일까'하는 의문을 제시한다. 신이 우리를 보고 있는 거리에 따라서 우리의 세상이 평화로워 보일 수도 있을 것이고 아니면 사투의 장으로도 보일 수 있을 것이다. 따라서 우리의 삶도 멀리서 보면 좋아 보이지만 막상 가까이서 보면 모순 덩어리일 수도 있다는 의미를 내포하고 있다.

아기와 손잡고 봄길 거니는 아지랑이
아지랑이 따라 가던 아기, 주저앉아
별꽃도 보고 개미도 보고
빌딩을 빙빙 돌던 심술쟁이 바람이

기침을 하다, 얼른 마스크를 두르고
현관문 닫고 들어가네

심술쟁이 바람도 아기를 사랑하네
아기는 멋모르고
별꽃도 따고 개미도 잡고

—「아지랑이」 전문

아지랑이는 맑은 봄날 햇빛이 강하게 쬘 때 나타나는 현상이다. 아지랑이가 피어나는 봄날은 날씨가 퍽 따뜻하다. 이럴 때 겨우내 실내에서만 지내던 아기가 엄마 손 잡고 밖으로 나와 걸음마를 배운다. 아기 눈에는 모든 것이 신기하기만 하다. 그래서 엉덩이를 뒤로 빼고 엄마 손 뿌리치고 주저앉아 주변에 갓 피어난 별 같은 꽃들도 보고, 집 밖을 기어 다니는 까만 개미도 보느라 정신이 없다. 그러한 아기의 모습을 보면서 어릴 때 넓은 화단에서 풀을 뽑던 자신의 모습을 떠올린다.

'심술궂은 바람'은 할아버지를 연상시킨다. 체벌 대신 화단의 잡초를 뽑게 한 할아버지가 어쩌면 봄날 같은 자신의 어릴 적 마음을 흔드는 바람처럼 느껴졌을 수도 있다. 그러나 할아버지는 손녀가 풀을 뽑지 않고 놀고 있는 모습도 보았을 터인데 못본 체 하신 것이다. 그렇게 엄하고 두렵기만 하던 할아버지도 손녀인 자신을 사랑했다는 것을 한참 뒤에 깨닫게 되었다. 바람이 '얼른 마스크를 두르고 현관문을 닫고' 들어간다는 뜻은 할아버지가 손녀에 대한 사랑을 감추고 계셨다는 의미가 내포되어 있다고 할 수 있다.

어릴 적 자신에게 내린 풀 뽑기 체벌이 '별꽃도 따고 개미도 잡고' 하는 재미있는 놀이로 변했으며 그 놀이에 정신이 팔려서 시간가는 줄 모르게 꽃밭에서 지내던 일을 '아기'라는 화자를 통해서 그려내고 있다.

김영숙 시인은 자연을 노래하는 시인이다. 그에게 있어서 자연바람은 대체로 부정적인 존재로 나타나고 있다. 심술궂고, 객기부리며 한곳에 안착하지 않는 믿음이 없는 표현을 쓸 때 바람이 등장한다.

바람처럼 떠난 임
허리춤 잡을 수 없었네
허투루 주었던 사랑
덧나버린 깊은 상처되었네

객기 부리는 바람
뉘에게 이 아픔 털어낼까
그리움에 녹아내린 검은 가슴
아낌없이 바쳤던 사랑의 세월

눈 내리는 밤
눈밭을 배회하는 바람 보며
첫사랑 그리움에 커튼을 연다
바람아 너도 외로움을 아느냐

—「바람」 전문

간다는 말 한마디 없이 떠나 버린 매정한 임을 생각해보면 그때는 허리춤을 잡고 매달릴 수도 있었지만 그것이 소용없음을 알고 그를 말없이 보내 주었다. 그러나 돌아서서 다시 생각해 보니 사람을 잘 알아보지도 않고 무작정 사랑했던 잘못 때문에 굳게 믿었던 사랑은 화자의 마음에 지울 수 없는 깊은 상처가 되었다.

그래도 화자는 너무도 그를 사랑했기에 그 상처마저도 사랑하며 품어온 인고의 세월이 이제는 일상처럼 되어버렸다. 사랑할 그때의 '아낌없이 바쳤던 사랑의 세월'과 이별 후 검은 콜타르처럼 녹아내리는 그리움의 아픈 가슴이 하나로 엮여 성숙되어가는 내면성. 이것을 이제 누군가에게 옛이야기처럼 들려주고 싶다. 그러나 그 대상을 아직까지 찾지 못하고 혼자서 가슴 쓸어내리며 견디어 온 또 하나의 외로움이 있다. 이 외로움을 주고받을 누군가가 늘 그립다.

그런데 어느 '눈 내리는 밤', 꼭꼭 닫아 두었던 마음을 열어젖히듯 커튼을 열었다. 창밖에 부는 찬바람이 떠나버린 첫사랑의 기억을 떠올리게 한다. 첫사랑이 문밖을 서성이고 있는 것처럼 느껴진다. 그래서 화자는 사랑하는 사람에게 다가가듯이 바람에게 말을 건네며 그의 외로운 마음을 받아주려 한다.

서녘 창에 비치는 노을처럼
붉고 뜨거운 장미
잊었던 추억이 꽃잎마다 피어오른다
사랑할 땐 누구나 장미꽃인 것을
이별 뒤엔 누구나 가시인 것을

이별한 시간이 너무 오래되어
애써 떠올려도 생각은 거기뿐
가시도 장미도 한 몸인 것을

—「장미와 가시」 전문

붉은 장미가 노을빛을 받아 더욱 붉게 물들면 잊어버리고 있던 사랑의 추억이 떠오른다. 생각해보면 '사랑할 땐 누구나 장미꽃'처럼 향기롭고 품위가 있었다. 그러나 이별을 하고 나면 서로가 가시 같은 미움으로 변하게 되는 이 사랑의 이중성을 어떻게 이해하고 받아들여야 할지 알 길이 없다.

그처럼 사랑했던 날들이었지만 지금은 '이별한 시간이 너무 오래되어/ 애써 떠올려도 생각은' 단순히 거기뿐이다. 사랑할 때는 장미꽃과 같았고 이별 뒤에는 가시 같은 아픔밖에 없었다는 것 외에는 더 생각이 나지 않는다.

그런데 생각이 깊어지니 장미꽃과 가시가 한 뿌리에서 났듯이 사랑도 미움도 한 뿌리에서 났다는 것, 그래서 한 몸이라는 것을 깨닫게 되었다. 사랑도 미움도 모두 사랑의 영역이라는 것을 깨닫게 되었다.

문학마을 시인선 21

시를 항아리에 담그리라

©김영숙

2019년 4월 10일 초판 인쇄
2019년 4월 21일 초판 발행

지은이 김영숙
발행인 김정동
발행처 문학마을

출판등록 1991. 9. 12(제10-1534호)
주소 서울시 마포구 성지길 25-20 덕준빌딩 2F
전화 02-3142-1471(대) 팩스 | 02-6499-1471
독자문의 seokyodong1@naver.com

ISBN 978-89-85392-98-3 03810

사람을 행복하게 하는 지성인의 집단 문학마을

이 도서의 국립중앙도서관 CIP는 서지정보유통지원시스 홈페이지(http://seoji.nl.go.kr)와
국가자료공동목록시스템(http://www.nl.go.kr/kolisnet)에서 이용하실 수 있습니다.
(CIP 제어번호: 2018008739)